This Luna Rising book belongs to

Leerlos

ABUELITA

full of Life ✿ llena de vida

By / por **Amy Costales**

Illustrated by / ilustrado por **Martha Avilés**

Luna Rising

Composed in the United States of America
Printed in China

Edited by Theresa Howell
Designed by Sunny H. Yang
Translation edited by Straightline Editorial Development, Inc.,
with a special thank you to Alicia Fontán

FIRST IMPRESSION 2007
ISBN 13: 978-0-87358-914-7
ISBN 10: 0-87358-914-9

Library of Congress Cataloging-in-Publication Data

Costales, A. (Amy), 1974-
  Abuelita, full of life / by Amy Costales ;
illustrated by Martha Avilés = Abuelita, llena
de vida / por Amy Costales.
        p. cm.
  Summary: José learns a lot when his grandmother moves in
with him and his family.
  ISBN-13: 978-0-87358-914-7 (hardcover)
  ISBN-10: 0-87358-914-9 (hardcover)
  [1. Grandmothers—Fiction. 2. Spanish language materials—
Bilingual.] I. Avilés Junco,
Martha, ill. II. Title. III. Title: Abuelita, llena de vida.
  PZ73.C6745 2006
  [E]—dc22
                            2006019626

José's grandma is already old when she comes to live with him and his family. Her long braids are very gray.

She is old, but she is lively.

La abuela de José ya es viejita cuando llega a vivir con él y su familia. Sus largas trenzas son muy grises.

Es viejita, pero es vivaz.

Abuelita sleeps in José's bedroom. He moves his dinosaurs over to make room for her candles. He moves his bed under the window to make room for her bed. He moves his clothes to one side of the closet to make room for her clothes.

It is a little crowded, but when she whispers stories in the dark of night, José doesn't mind one bit.

Abuelita duerme en el cuarto de José.
Él mueve sus dinosaurios a un lado para hacer lugar para las velas de ella. Mueve su cama bajo la ventana para hacer lugar para la cama de ella. Mueve su ropa a un lado del clóset para hacer lugar para la ropa de ella.

Todo está un poco apretado, pero cuando ella le susurra cuentos en la oscuridad de la noche, a José no le molesta para nada.

Abuelita plants a garden that takes up half the yard,
which means that José has to go to the park to play soccer.
But it is fun picking beans from his own garden. And
José likes to eat the corn. By the time the pumpkins
come up, José doesn't mind the garden one bit.

Abuelita siembra una huerta que ocupa la mitad del jardín,
y por eso José tiene que ir al parque a jugar al fútbol.
Pero es divertido cosechar frijoles de su propia huerta.
Y a José le gusta comer los elotes. Cuando las calabazas
maduran, a José no le molesta la huerta para nada.

Abuelita fills the house with new smells. She burns incense at her altar that makes the cat sneeze. She fills the rooms with roses from the garden that make José's dad sneeze. She cooks chiles that make everyone sneeze.

When she starts making hot chocolate every morning and bringing it to José in bed, he decides he doesn't mind the new smells one bit.

Abuelita llena la casa de olores nuevos. Quema incienso en su altar que le hace estornudar al gato. Llena los cuartos de rosas del jardín que le hacen estornudar al papá de José. Cocina chiles que les hacen estornudar a todos.

Cuando ella empieza a hacer chocolate cada mañana y a llevárselo a José a la cama, él decide que los olores nuevos no le molestan para nada.

José's grandma is already old when she comes to live with him and his family. Her long braids are very gray and she has deep lines around her mouth.

She is old, but she is lively. Her skin is wrinkled, but soft to kiss.

La abuela de José ya es viejita cuando llega a vivir con él y su familia. Sus largas trenzas son muy grises y tiene surcos alrededor de la boca.

Es viejita, pero es vivaz. Su piel está arrugada, pero es suave para besar.

In the morning Abuelita sits quietly at the kitchen table with
a cup of cinnamon tea and slippers on her feet, but she is
always busy. She knits. She wraps tamales. She draws with
José and counts beans with his little sister.

Por la mañana abuelita se sienta bien callada en la mesa de la cocina, con una taza de té de canela y en pantuflas, pero siempre está ocupada. Teje. Hace tamales. Dibuja con José y cuenta frijoles con su hermanita.

In the afternoon Abuelita
lies on the couch with her
special pillow, but she is never still.
She reads the paper. She pets the cat.
She listens to José read his books and
braids his little sister's hair.

Por la tarde abuelita se acuesta en el sofá con su almohada especial, pero nunca está quieta. Lee el periódico. Acaricia al gato. Le escucha a José leer sus libros y le hace las trenzas a su hermanita.

In the evening Abuelita rocks on the porch in her robe, but she doesn't ever rest. She rips tortillas for the birds. She strings chile peppers. She tells stories to José and sings to his little sister.

Por la noche abuelita se mece en el porche, de bata, pero jamás descansa. Despedaza tortillas para los pájaros. Cuelga chiles en ristra. Le cuenta cuentos a José y le canta a su hermanita.

José's grandma is already old when she comes to live with him and his family. Her long braids are very gray, she has deep lines around her mouth, and her hands look like two branches in autumn after the leaves fall off.

She is old, but she is lively. Her skin is wrinkled, but soft to kiss. She is frail, but her hugs are strong.

La abuela de José ya es viejita cuando llega a vivir con él y su familia. Sus largas trenzas son muy grises, tiene surcos alrededor de la boca y sus manos parecen dos ramas en otoño, cuando se caen las hojas.

Es viejita, pero es vivaz. Su piel está arrugada, pero es suave para besar. Ella es frágil, pero sus abrazos son fuertes.

Abuelita says she is too old to keep up with José on his bike, but she is quick enough to chase the ice-cream man. When José goes to the park with Abuelita, they have to walk. At first he misses his bike, but he likes it when Abuelita holds his hand and he can feel the strength that flows beneath her wrinkly skin. She teaches him the names of the trees and the flowers they see on the way, and José is amazed by how much he used to miss by rushing by on his bike.

Abuelita dice que es demasiado vieja para seguir a José cuando él anda en su bici, aunque es bien rápida para perseguir al paletero. Cuando José va al parque con abuelita tiene que caminar. Al principio extraña su bici, pero le gusta cuando abuelita le agarra de la mano y él siente la fuerza que fluye bajo su piel arrugada. Ella le enseña los nombres de los árboles y las flores que ven por el camino, y José se asombra de lo mucho que se perdía apurándose en su bici.

Abuelita says she is too old to learn English, although she talks to the bus driver just fine. José has to talk in Spanish with Abuelita. At first he misses his English words, but after a while he starts to like the way so much Spanish feels in his mouth. Then Abuelita begins to teach him rhymes, and he likes them so much that he teaches them to his little sister.

Abuelita dice que es demasiado vieja para aprender inglés, aunque
habla perfectamente bien con el chofer del autobús. José tiene que
hablar en español con abuelita. Al principio extraña sus palabras
en inglés, pero después de un rato le empieza a gustar el sentir tanto
español en su boca. Entonces abuelita empieza a enseñarle versos
y a él le gustan tanto que se los enseña a su hermanita.

Abuelita says she is too old for José's music, but she taps her toes to his reggaetón when she thinks he isn't looking.

After dinner Abuelita always picks the radio station. At first her old Mexican songs make him feel sleepy, but after a while he learns to love the happy-sad sound of the accordion. Then, to his surprise, his father pulls out a guitar and starts teaching him to play the old Mexican songs that don't make him sleepy anymore.

Abuelita dice que es demasiado vieja para la música de José,
pero zapatea al ritmo de su reggaetón cuando cree que él no mira.

Después de cenar abuelita siempre escoge la estación de radio.
Al principio sus viejas canciones mexicanas le dan sueño a José,
pero después de un rato le encanta el sonido alegre–triste del acordeón.
Entonces, para su sorpresa, su padre saca una guitarra y empieza a
enseñarle a tocar las viejas canciones mexicanas que ya no le dan sueño.

José's grandma is already old when she comes to live with him and his family. Her long braids are very gray, she has deep lines around her mouth, her hands look like two branches in autumn after the leaves fall off, and her voice has a little tremble.

She is old, but she is lively. Her skin is wrinkled, but soft to kiss. She is frail, but her hugs are strong. Her voice is soft, but it is heard clearly.

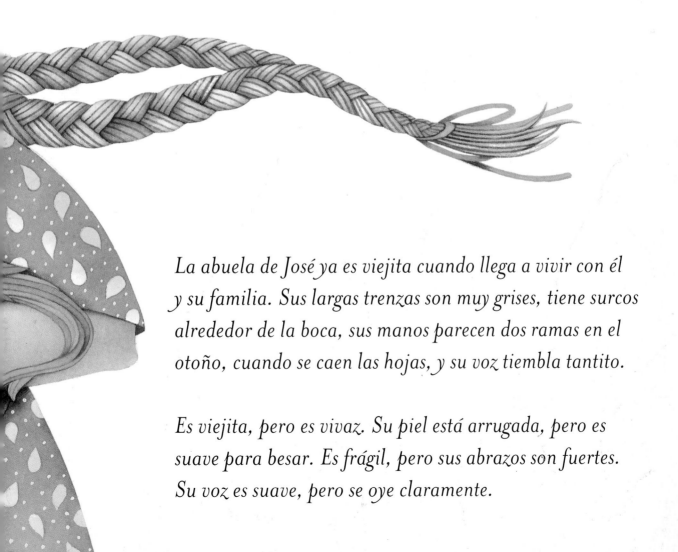

La abuela de José ya es viejita cuando llega a vivir con él y su familia. Sus largas trenzas son muy grises, tiene surcos alrededor de la boca, sus manos parecen dos ramas en el otoño, cuando se caen las hojas, y su voz tiembla tantito.

Es viejita, pero es vivaz. Su piel está arrugada, pero es suave para besar. Es frágil, pero sus abrazos son fuertes. Su voz es suave, pero se oye claramente.

Abuelita is full of life.

Abuelita está llena de vida.